그늘을 꽃피우는 시간

이 도서의 국립중앙도서관 출판예정도서목록(CIP)은 서지정보유통지원시스템 홈페이지(http://seoji.nl.go.kr)와 국가자료종합목록 구축시스템(http://kolis-net.nl.go.kr)에서 이용하실 수 있습니다. (CIP제어번호 : CIP2019044984)

그늘을 꽃피우는 시간

구지혜 시집

28 시와정신시인선

■

시인의 말

나무는 겨울 오는 동안 허물을 벗는다

꽃이란 허물
열매란 허물

한 잎 한 잎 지난 입성入聖을 벗어 버리곤
잔가지 끝까지 부끄럼 없는 알몸을 입는다

알몸은 따뜻한 민낯

까막눈 사내의 자화상을 닮았다

의식과 반대 방향인 무의식을 따라 걸었다
보이는 나와 보이지 않는 내가 걸었다
내가 들여다보는 나와 나만 아는 내가

오래

요연然窈히 걸었다

까막눈 사내에게,
우리에게,
부끄럼을 바친다

2019년 11월

차 례

___ 제2부 그늘을 꽃피우는 시간

___ 제3부 순록을 찾아서

제1부

어디론가 기울기 위해 서성인 것이 아니다

별

천공에 방금 꽃 문 열렸다

슬픔의 식솔들이 뜯어 먹는 빵

종신형을 선고받은 빛의 감옥

그 자리가 꽃이 아니었다면

나는 꺾인 대궁처럼 흔들리지 않았을 것이다

더 그늘져야 나는 작은 씨방 한 칸에 들어 살 수 있다

이상理想

검은 눈동자는 저녁에서 아침으로 빈 부엌을 바스락거렸다 밤이면 천정에서 바닥의 부드러운 잠자리를 방해하기도 했다 시궁창을 들고 날 때마다 주림에 끌려간다는 생각은 하지 않았다 노선을 발가벗겨 못 박아 놓고서 네 발로 소란스레 존재를 거듭 알렸다 카이스트 이정표나 명문대 이성 같은 양식은 관심 없었다 간혹, 탁상공론에 떠들썩한 이론은 아주 탈선하지 않았다 자신의 사유를 경배하며 딱딱한 어둠을 갉았다 그리곤 창고에 쌓인 곡식 가마니를 깜깜한 밤으로 가득 채웠다 작은 몸과 높은 소리로 짧게 울부짖으며 이상理想을 서릿발처럼 세웠다 밤은 뛰어난 불성실과 더 둔한 지구력으로 겹겹 어두워갔다 밤마다 환하게 핀 방황은 그처럼 의기양양한 소란을 피우자마자 꺼 버렸다 방황은 축복했다 칠흑 속에서 찰나의 눈송이보다 창백하게 유영했다 몇 겹의 계절이 하얗게 지났다 생각에 잠긴 익사자가 쥐구멍 속에서 풍경처럼 흘러갔다

그믐 밤, 어둠 속에서 머리를 내밀고 까만 눈동자로 아득히 바라보았다 촛불의 희미한 그림자에 안겨,

4월

봉인했던 얼굴
한꺼번에 드러내는 대지 속으로
나의 검은 꽃대도 천천히 빨려 들어가 꽂힌다
이미 굳게 닫힌 가슴에 봄은
총신을 겨누고 제멋대로 방아쇠를 당긴다
나는 정신을 놓을 뿐이다
꽃들은 언제나 환하게 절규하며
실팍한 꽃잎을 무리로 보내지만
나는 한 번도 꽃나무를 흔들지 않았다

오래된 기억들은 검은 그림자를 달고 와서
침묵으로 나를 이리저리 끌고 다닌다
꽃잎만큼 환한 햇빛들 속에서
곰곰이 늪을 생각한다

진흙 펄에 꽃을 찾아 뒹굴었던 적이 있었다
꽃의 흔적을 찾아 시들해진 지금
위기의 한 페이지도 가늠하지 못한 채
깨진 발목 근처에 팔랑대는 꽃잎

그러나 발 앞에 놓여있는 사월의 늪은
아무런 잘못도 없다

아침이면 자명종은 막 잠이 들고
내 머릿속에서 떨어진 검은 꽃잎들이
앞다투어 시계 속으로 빨려 들어갔다

사거리는 숲이 되었다

현암 사거리의 잿빛 구름은
내 눈길이 닿기를 기다렸다는 듯
비명도 없이 몸을 깎아 뿌린다
표지판 방향으로 다가오던 눈발은
창백한 표정으로 차도의 경계를 지웠다
코트 주머니 속 딱딱해지는 손
신호등 없는 건널목을 어깨 구부정한 그림자 하나
이쪽으로 건너오고 있다
겨드랑이 사이 끼어있는 사각의 서류봉투
그 위에는 눈송이 한 장 허락되지 않았다
어느 쪽으로 기울여야 할까
나는 언 생을 깎으며 녹이는 중이었고
눈발이 이정표를 모두 덮을 때까지
한 걸음도 더 나아가지 못했다
그림자는 풍경과 함께 지워지고
눈은 또 퍼부었고 한낮은 쓸쓸히 돌아서는데
나는 사거리 깊숙한 얼음 숲에 갇혀 버렸다

목련

조명발 잘 받는 너는 밤에 더 요염하다
어둠에 발하는 형상
눈길이 머물자 지난 과거가 멈추었다

너는 너 할 일을 했겠지만
네 멋대로 계절을 견디었지만

계절을 견딜 수 없던 자아가 허공 밖으로 존재를 번지게 하는 밤

하얀 그림자로 지난 시간을 불러오자
취기가 서러워졌다

우리에게 부록은 목련이다

어둠의 계절을 견딘
봉인한 체취로 이해는 닮아간다

고요만큼 고요를 닮아간다

하얀 문양이 까만 밤하늘에 양각되는 내내,

푸른 비

각혈하듯 색을 뱉는 틈들
산통이 하얗게 타들어가는 날,

물소리 깊어지는 숲, 허공의 지퍼를 열면 환한 뼈의 나무들이 기다리고 있을 것 같아 나는 미로같이 얽혀 있는 푸른 그늘 속으로 오래도록 갇혔다 물결 속에선 차가운 지문의 소용돌이가 여러 표정으로 출렁였다 구름이 시름시름 땅바닥으로 내려와 누울 때 내 지친 정신을 푸른 그늘 속에서 싱싱하게 위로 받고 싶었다 산짐승을 끌고 다녔던 몇 개의 길이 감정 없이 내 손바닥에서 풀려나오기를 바랐다 방황이 잠시 내 곁에서 길을 잃는 시간, 몸의 앓은 자리마다 푸른 비는 그치지 않았다

느린 우체통

새벽길, 고속도로의 차들이 헤드라이트 켜고 한 방향으로 달리지만 만날 수 있는 사람은 나뿐, 나보다 먼저 도착해 나를 기다려주는 이 길의 끝, 막 태양이 떠오릅니다 태양의 민낯이 잠깐 나와 함께 붉습니다

처음, 흔들리면서 막무가내로 울며 내디뎠던 길, 내가 걸을 수 있으니 이 길 그렇게 환할 수 없습니다

오래 전, 갓 태어난 아이의 울음이었을 때부터 이 길은 이미 이곳에서 맞닿아 있었습니다 여태 내가 모르는 사람으로 걸어왔으니 그 길을 건너던 시간을 어둠이라 하고 나를 별이라 부릅니다 내가 지상에 발을 디딜 때 첫울음의 크기로 빛을 얻는 별은 눈물의 결정, 나의 심장에서 출렁이며 마음을 정결하게 만드는 소금의 눈부심입니다

나에게 가는 길에 넘쳐흐르는 이 환한 빛을 나와 함께 길을 걸을 때 보이는 나와 보이지 않는 나 사이에서 깨달은 적 있습니다 나, 그 빛을 첨벙첨벙 디디며 가는 이 길, 내가 이 빛을 다 건너기에는 생이 너무 짧아 하염없이 나를 기다리는 것이 좋은가 봅니다 곧 내가 서 있는 곳에 도착합니다

저녁을 주무르다

우주의 심장도 잠잠해진 저녁과 밤 사이, 그 사이에 그늘로 납작해지던 햇살도

기꺼이 어둠이 스며든다 발을 담그고 퉁퉁 부어 버린 하루를 주무른다

서쪽 하늘에 개밥바라기별이 반짝 얼굴을 내밀고 있다

앓는 오후는 날마다

발끝이 잘 닿지도 않은 채 페달을 구른다

담벼락에 결박된 고목

스르르 속도가 풀려버린 체인 헛돌아간다

안장에 오르지 못하는 곰팡이 핀 푸른 언덕

말랑말랑한 맨땅을 잃어버린 한쪽으로 기운다

두 겹 세 겹 스카치테이프로 깨진 중심을 봉한 몸체

혼자서 오르막길 굴려서 간다

바퀴 표면에 울퉁불퉁 방생한 싱싱한 근육

온종일 따르릉 중얼거리는 균형 사이

바큇살로 제자리만 돌리는 허옇게 핀 그의 모습

자갈길 위로 자꾸만 넘어지는 외딴 섬

그녀의 머리칼을 마구 흔들어 헝클어뜨린다

달이 머문 곳,

딜레마

앞에 큰 강이 가로놓여 체념에 빠졌다

출근 시간 늦었는데 신호등 고장 나고
차들 꽉 막혀 있으니 길 끌어안았다
뒤에 폭우 달려오고,

속수무책이란 울타리 쌓아 놓고 정해진 길 바깥은 덫을 놓았다 덫에 걸려들지 않기 위해 아등바등 환호하는 세계가 우울하였다 평온이 어려우면 위안을 방패로 삼았으나 창과 칼이 더 충분하다며 안주하는 세계가 불편했다 실수하고 흔들리다 무너지는 게 경계인데 자꾸만 싸리문 너머 이념과 불화했다 그러므로 산성 안과 밖 그 어디쯤 덫에 걸린 새처럼 파들거릴 수밖에 없음을,

오진

나는 생각을 앓는 환자

나를 휘휘 젓는 생각을 보고 싶었다
X-ray로는 아무것도 찍히지 않는다고 했다
집도를 한 의사는 손 쓸 방법이 없다며
환부를 닫았다

모든 관념은 충분히 오진誤診될 수 있다

내 병명은 내 이름이다

주저하다

갈래? 탈래?
아이가 아이에게 말한다
머뭇거릴래, 아이가 답한다
질문과 대답 사이엔 바짝 긴장한 빈틈이 팽팽하게 걸려 있다
틈은 무중력의 1차원적인 영역이 된다

하루의 절반
나머지 절반
날개를 달아주려고 맞물렸던 지퍼를 풀면서
여름이 먼저 달아올랐다
출렁이는 물결로 둥둥 떠다니는 마음을 점친다
부끄러움이 두려움으로 변하는 순간이다

부유하지 못하고 침잠한 마음이
기어코 빈틈을 보일 시간,
서로의 흉터에 사는 계절처럼
아이는 발그레 웃고
여름은 틈을 품은 채 내일을 예약한다

물방울들이 물결을 한 장씩 넘길 때마다
스스럼없이 계절이 되어가는 아이들
오늘을 채우는 시간
누운 아이들 얼굴 위로
종일 해는 환하게 시들고 있다
이제 지난 일은 예언하지 않는다

아이가 되면 아이를 읽을 수 없게 된다
어른이 되면 어른을 읽을 수 없게 된다

늙은 나무

오락가락하는 정신인 듯 그림자가 드문드문 환하다
그 구멍은 햇빛이 통과하는 자리, 생의 어느 기억이 통째로 사라진 자리이다
나무가 속을 비우고 있다
몸은 가난하지만 장중히 가벼워지는 삶의 무게
죽음에 대한 경계를 허무는 중이다

그 일은 자신의 관을 만드는 일이기도 하다

몸에 뿌리를 휘휘 두르고 떠나고 싶었던 날 많았습니다 새를 들여 비행飛行을 품기도 했지만 자리는 자꾸 깊어지고 지하의 어둠을 헤매는 일이 전부였지요 그럴수록 얇은 귀만 신나서 팔랑거렸습니다 저쪽에서 들리는 소리를 이쪽에서 그대로 소리질러대고는 숲의 모든 나무가 하나되어 귀 기울이던 메아리, 그 고요를 지금도 잊을 수 없습니다 다만, 지금까지도 산 너머가 궁금할 뿐입니다

바람 불면 우는 구멍
나무가 어느 바람을 풀어주는 소리이다 아니, 지금은 나

무를 떠나보내는 바람의 울음이다

늙은 나무가 쓰러지고 나면
늙은 나무의 망각으로 숲에는 햇빛이 가득 넘쳐흐를 것이다

모서리의 우화

"아유, 아파" 책상 모서릴 흘겨보았다
"내 잘못 아냐?" 모서리도 눈을 흘긴다*

원 안에 지루한 풍경이 갇혀 있다 긴 바늘이 두 바퀴를 돌아도 시 수업은 끝나지 않았다 바깥으로 기운 여우의 꼬리가 낭창낭창 창틀을 넘나들기를 자주 했을 뿐이다 책상 모서리처럼 마음속에도 모서리가 있단다 잔뜩 굳어 있던 마음속의 모서리가 다른 동물의 마음에 상처 준 적 없는지 반성하는 시란다 어디서 모서리는 자라는 걸까 마음속에 모서리가 어떻게 있어요 목소리가 울먹이며 날쌔게 풍성해져 갔다

그날 이후 고슴도치는 놀이터로 전학을 갔다 운동장이 되었다 모래사장으로 뒹구는 고슴도치, 가시 털이 무럭무럭 물결지고 있었다

싱싱한 줄기로 건강하게 솟거라 모서리 없는 마지막 모서리가 되렴

* 이세경 「모서리」 중에서

경건한 잠

세상의 틈들이 그에게서 날아가고 있다
가늘게 남아 있는 긴장이 이제야 자신을 소유하는가 보다
피가 빠져나가는 모양으로 몸이 휘어 있다

이제, 왔던 공허로 다시 될 수는 없는 일

거실 심장에 못을 박았다 나에게 쓸모 있게 선택한 그곳이 신기루처럼 너의 출발이 되었다 유일한 너의 삶은 동의 없이 그렇게 시작되었다 나는 옛것을 가까이 했으므로 너의 둥지가 묵향으로 번지다가 검버섯 핀 안개로 피어나기도 했다 감꽃이 곶감으로 말라가도록

이후로도 내 의지대로 오후를 걸어 놓기도 했고 수요일을 달기도 했다 너는 분명 거기서 나의 시간을 자장 환하게 살펴보았을 거다

난 그에게 경건해질 수밖에 없다
벼랑 같은 시간에 목을 내걸고 생을 관통하는 일은 분명
죽음보다 못한 삶이었다
머리끝부터 뿌리까지 긴 잠이 될 것이다.

첫 울음

몸을 입고 태어난 우리는
빈 자루를 채우듯 성장하는 것이란다
모든 문제의 해결책은 고통 뿐,
관념이 실제가 되는 순간은
실제가 관념이 되는 순간보다 아프단다
나약함을 보이며 아주 자연스럽게 범죄가 네 삶인 듯
너는 강해질 거야
네 옹알이엔 아직 두려움이 보이지 않는구나

오늘의 네 잠은 죽음의 모조품 같은 알몸이다
이제 불평등과 불통이 네 삶을 쪼아내며
단단한 순수 속에서 너를 두려움으로 드러낼 거야
생을 송두리째 시간에 압류당하면서
네가 얻은 것의 최선은 미래라는 백지수표
항상 노동을 예의 바르게 대하고
너를 구원해 줄 시간에 믿음을 지불해야 한단다

여기 혼돈으로 눈뜬 아이야
봐라, 네 중심의 배꼽은 단단히 묶여 있다
이제 되돌아갈 방법이 없구나

네가 첫울음을 울기 전에 왔던 길은 이미 끊겼으니
계속 앞으로 나가야 한단다

삶은 죽음에 이르는 최악의 수단
매일 죽음을 속여 가며 죽음에 대한 약속을 지키는 일은
네가 이 세상에 오는 일보다 더 아름다운 여정이란다

시詩

하루가 넝쿨째 저물면
유쾌한 탄식은 가냘픈 줄기마다
악착을 꼬며 새어나왔다
시들지 않기 위해 닿을 수 없는 곳은 멀다
잔가지에 지문을 새기며
매번 새날을 길게 감아올린다
그럴수록 그림자 너무 짧아
백지 위를 내려오지 못하고
까만 붓 씨 부둥켜안고
죽는 순간까지 필사적 향일성
너의 추억은 단단하다
꽃 진 줄기마다 문장이 담백하다

명료한 하룻저녁을 썼다가
희미한 아침을 지우고 또 지우고 만다

끝까지 피운다는 것에 대하여

소리 가르쳐 주었던 선생님 방금 자살했다고 기사 떴어 어떡하지 들어봐 목소리 매우 좋지 이제 못 들어 그게 아니라 저 선생님이 원래 가정사가 피곤했는데 방송사에 얘기했었는데 단단하게 살았다고 힘들 때마다 노래만 하고 그랬는데 뭔가 잘 안 풀렸나 봐 여잔데 되게 중성적이지 진짜 저런 소리 가진 가수 없는 데 좋아한 몇 안 되는 여자 가수 중 한 명 있었는데 연락 한 번 드리질 못 했는데 19살 이전 마음 이상해 안 믿겨 너무 안타깝다 생각할수록 더는 못 듣게 된다니 동영상 봐봐 아 정말 아프다 최곤데… "난 잘 될 겨"

오래 귀 열었더니 는개 빗소리 저릿하다 울타리에 붕대를 감아준다 붕대 위로 핏물이 고인다 표정이 하나뿐인 덩굴장미가 피기 시작했다

자작나무 정류장

시간이
팔랑이는 바람처럼 멈춰 서고
생각은 은백색 가지처럼 싱싱하게 서 있다

가슴엔 커다란 구멍을 껴안고 있다
초면보다는 어깨의 기울기가 매력적이다
정류장은 자작나무의 몫으로 쓸쓸해 보이고 얼굴을 감춘 표정은 무릎 사이에 좌절을 숨기고 있다
오래된 추억처럼 막차를 기다린다

어디쯤일까, 여기는

깨닫지 못하다가도 어느 한순간 숨이 턱 막힌다
늪에 빠진 느낌으로 본 적 없는 세상을 그리워하며 살았다
방부제 같은 자리에서 존재는 물음처럼 길어졌고 시간은 정의되지 못한 채 퇴색을 거듭하는 전단지로 붙어 있다

이런 믿음도 없다
그럴 것이 우리 모두는 유일하게 희한한 존재이기 때문이다

무질서의 한가운데를 개간하여 만든 여기를 길이라 불러도 좋다
표정은 딱딱하고 각져 있다 내심은 온유하다
어둠이 더욱 귀하게 짙어진다 저편에서부터

막차가 달려와 어두운 내면을 환한 배경 속의 그림자로 우뚝 무릎을 펴 준다
그런 안녕의 시간이 핼쑥하게 살찌고 있다
외출 중인 약속 같다

갈증 1

갈증은 물을 불안하게 섬기는 버릇 있다
허기진 배를 채우려 바라본 노란 고구마 속
왼편 심장과 오른편 옹이 같다

그는 그녀의 갈증을 잘 읽는다
말단 공직에 몸담은 지 이십여 년 훌쩍 지났지만
검소와 겸손으로 갈증을 풀어준다

법학 전공한 탓으로 헌법은 물론 법철학 해석까지 전공과 문외한 역사의 조예가 깊다 세계사와 한국사 역사논술 출강했다던 그녀보다, 그녀에게 특히 조선왕조 500년을 이야기해 주는 시간은 갈증의 우수 홍건하다

그런 그와 그녀는 공통점 또 하나 있다면 문학을 이해하려는 것이다 얼큰하게 취기 오르면 서경덕과 그의 제자이자 여류 시인이었던 황진이 관련된 이야기 빼놓지 않는다 "동짓날 기나긴 밤을 한 허리 베어내어" 또 그는 기생 홍랑이 고죽 최경찬과 이별할 때 지은 시조를 읊조린다 "밤비에 새잎 나거든 나인가도 여기소서"

그런데도 갈증은 물을 불안하게 섬기는 습관 버리지 못하나보다 왼편 심장과 오른 편 옹이에 얹힌 것 내려가지 못하고 자정을 넘기고 만다

제2부

그늘을 꽃피우는 시간

야학교실

야학교실 어두운 창에 형광등이 깜박이면
눈을 뒤집어 쓴 언 몸들이 하나 둘 모여들었다
주전자에선 어둠이 쩔쩔 끓어올라
낮고 좁은 교실 안을 차갑게 데웠다
책상 위로 넘어지는 졸음을 일으켜 기대놓고
터진 실밥 같은 날들을 다독이며
미분과 적분으로 한 땀 한 땀 꿰매곤 했다
유리창에 피곤한 얼굴들이
성에꽃으로 피어났다 녹아내렸다
잠시, 정신을 잃었다가
깨어보면
칠판 귀퉁이에서
"삶이 그대를 속일지라도"
푸시킨의 시가
나를 흘겨보고 있었다

발목

그때 나는 굶주린 바람과 섞여 있었다 고입연합고사 상담은 길어졌지만, 가정방문을 오지 않았던 선생님은 우리 집 가계를 읽지 못했다 눈은 젖은 톱밥을 넣은 난로처럼 자주 매캐해졌고 납작 엎드려 있던 11월의 노트는 말이 없었다 "**성실**"이란 급훈은 실성한 사람처럼 휑한 눈빛으로 나를 내려다보고 있었다 어느 날, 교무실 게시판에 "**제일모직 구지혜**"와 함께 나는 끝내 압정에 박혀 버렸다 모슬린 옷감처럼 얇게 펄럭이며 지냈다

운동장 가득 넓은 이파리를 피워냈던 열여섯 살의 각오들이 하나씩 흩어지기 시작했다 발목은 울음이 그칠 때까지 바람의 질질 끌려 다녔다 교정을 감싸 안고 버티던 일월산에는 그날로부터 해도 달도 자취를 감추었다 소리 없이 몇 년을 흐르던 강도 이내 굳어갔다

내 눈 속에는 이중으로 암막 커튼이 드리워졌다

끈

울타리 한쪽이 허물어져 있다

파릇한 운동화 끈이 엇갈리는 모양으로 매듭지어지고 있다

툭, 불거져 나온 길을 조용히 밀어 넣는다

몸을 담아 단단하게 고친 표정은

금방이라도 산허리를 거머쥐려는 자세다

잎갈 나무 잔가지들은 환한 햇살을 잘게 바스러뜨리고

붉은 혈관 타고 직립으로 살아내는 피나무

발을 봉인한 채 제각각 서 있다

생은 끈을 풀어 놓은 능선처럼 유연하게 묶여 있었다

운동화는 산 정수리를 밟고 있었고

벼랑의 빗장을 가로지르며 나는 냅다 소리를 질렀다

어쩌자고 이곳을 오르내리는지

숨이 차고 헐떡일 때마다 파리한 끈이

불쑥불쑥 풀어져 나와

헐어버린 길들을 단단히 조여 매고 다녔다

발목을 풀어 산길을 훔쳤다

B 613호

초인종이 울리고 울타리 안으로 꽃잎만 날아들었다
아무도 들어오려 하지 않는 영토
검은 문을 연다

가슴으로 흐르는 그늘 수위가 깊다
거세게 물살이 일어 차가운 수면이 벽을 긁는다
굶주린 이빨이 생활을 물어뜯는다.
그럴 때마다 새로운 그늘이 드러나 더욱 비참해진다
길들이는 법, 아주 잘 아는 듯
물어뜯은 곳을 보듬어 주기도 한다
빛 쪽으로 기우는 우리는 검은 문 안에 잠겨
차가운 물과 몸을 바꾼 채 젖은 존재로 살아낸다
나쁜 날씨에 익숙하지 못하면
잘못된 일기라 나무라기도 한다
죽은 매미의 더듬이 같은 눈물로 생은 흘려보내고
그늘을 방생하지 못해 그림자로 저문다
검은 방 가득 찰진 신음이 바닥에 납작 엎드려 있다
오른쪽 심장과 왼쪽 옹이를 순식간에 긋는 하얀 커튼
예리하게 흔들리는 그늘을 사뿐히 밟고 서서

신음이 목까지 차오르기를 기다린다

그늘을 가진 족속, 가엾은 우리를
꾹꾹 눌러 삭이는 검은 문은
물갈퀴 없는 수위를 오늘도 높이고 있다

그 겨울

1.

새벽 6시, 찬바람을 안고 들어서면
밤을 설친 직포공정은 여전히 창백한 얼굴을 드러냈다
날개를 편 양털 먼지가 아무 데나 떠다녔고
눈이 침침해진 형광등은 자주 깜박였다
24시간 목도 쉬지 않고 내지르는 기계음에 맞춰
나의 숨소리도 실 가닥 사이를 쉼 없이 오갔다
베틀 폭이 조금씩 부피를 늘여갈 때마다
뺨의 웅덩이가 더 움푹해졌다

가끔, 어둡고 축축한 세계에서 풀려나와
퉁퉁 불은 면발과 몹쓸 다짐 한 잔으로
얼큰하게 취하곤 했다
공장에서 피어오른 시커먼 연기는
느릿느릿 분식집까지 따라 들어와
우리의 대화를 시커멓게 했다

2.

풍경을 빨아먹은 유리창은 검버섯을 키웠다
창 너머 마른 나무들은 쉽게 넘어졌고
무릎 사이에 펼쳐 놓은 책은 손잡이도 없이 흔들렸다
제각기 다른 얼굴들을 한 사람들이
버스에 리듬을 따라 솜털처럼 가벼이 오르내렸다
몰래 승차한 햇살은 축축한
그림자에 젖어 오돌오돌 떨고 있었다
세계사를 읽고 있던 나는 봄이었고
벚꽃처럼 흩어졌다가 지기도 했다
75원짜리 버스는 온종일 덜컹대고
나의 검정고시는 까맣게 타들어가고 있었다

저물녘이 더 붉다

좁은 고추밭은 가없이 보였다 밭고랑 사이사이에 꽂혀 허리를 굽혔다 세웠다 하는 동안 아이의 모습이 붉게 피어오르다 지곤 했다 아무렇게나 자란 생활들이 하얀 목장갑에 먹빛 자화상을 뭉개놓는다 점점 땅 쪽으로 늘어지는 생은 꼭지가 짓무르고 그럴수록 아이의 손끝은 백 개에서 천 개의 생을 모질게 가늠한다 고추밭 허리를 자르며 허기를 불려가는 그늘의 얼굴을 바라보던 아이의 눈가가 축축이 말라 간다 더 구름을 몰고 오거나 별빛이 될 불콰한 고추를 모으지 않아도 되는 시각, 땀에 스민 옷이 어스름을 먼저 갈아입는다 작년보다 더 감당하기 힘들어지는 노을 그 저물녘에 과거로 흘러가지 못하고 아이 눈에 홍건하게 고인 매운 시간은 평생 붉은 가뭄이 되었다

햇볕이 빠져나간 자리마다 빠져나가지 못한 붉은 무늬 속으로 무럭무럭 화석으로 핀 어린 평온은 그 안에서 무궁무진 빛나는 벼랑으로 진화하고 있다

미생

어두운 밤 언저리까지
꽃 그림자 피었다
그림자를 따라온 향기에 구석구석이 환하다

모퉁이의 책들마저 꽃 같은
봄날,

모난 등뼈만 가진 내 몸에 봄볕을 켜니
톡톡,
생풀 타는 연기 피어오르고 있다

저녁과 밤 사이

새들이 노을을 젓고 있다 능선 사이로 흘러드는 한 저녁빛 저무는 사람들 얼굴에 파인 웅덩이, 사거리 신호를 기다리다가 발목이 붉게 부어오른 것을 보았다

가로등이 하나둘 어둠을 향해 일어선다
어둑하게 허물어지던 길들이 하나둘 환하게 이어지고
거리엔 밤의 장식품들이 화려하게 진열된다
모두 어둠을 떠먹고 사는 것들
빛을 입은 것들은 속이 시린 것들이다
보도블록 위의 사람들 그림자가 흐릿하다

사각사각 연필 깎는 소리 문지방을 넘는다
난간 위에 앉았다가
다시 일어서기를 반복한다
심지가 깊은 연필이 생각을 굴려나가는 것이다
오늘의 출구는 과거에서 흔들리고
펼쳐 놓은 세계는 입구의 방향이 둥근 방이 된다
잠에 흠뻑 취한 눈꺼풀보다 달곰하다
두 귀를 말갛게 씻고 더 열어두어야

흔들리는 내면을 알아들을 것이다

저녁과 밤 사이에
읽을 수 없는 바람이 분다

메아리를 기억하다

바람과 바람 사이에는 굽은 길이 있다

철침은 침묵의 내력이 구부러지지 못하게
소리의 심지를 잡느라 애를 쓰고
레일은 속력으로 소리들을 탈선하려 한다

꽃의 모양으로 찢어진 허공에서 간단간당 흔들리는 필체들
녹슨 지병에 핀 이끼의 피 흘림

그늘이 시든다며 약봉지들은 상자 속에 갇혀
가장 슬픈 계절을 앓는 냄새를 품고

편지는 봉인한 채 수신자에게 입구가 없기도 하고
발신자에게 침묵의 소리가 되기도 한다

서랍 속에서 부패하는 높은 외로움
마른 채 부서져 내리는 지난해의 꽃잎 향기로
맥박은 희미하게 이어가고 있다

상처를 낫게 하는 비방은 어느 계절에나 있는 법

빨간 스웨터의 여우가 서랍 속의 소리를 열기 시작하는 날
사랑의 미결수 되어 또 한 궤도를 달린다

무너지는 불길

그 늦은 밤에 어디선가 흘러든
한 뭉치 구름이 흐린 창문에 익사체로 떠있었다
칠 벗겨진 시간들이 희끗 나부끼다 또 사라갔다

후드득후드득,
뒤엉켜있던 구름 풀리는 소리가 들렸다 후렴처럼
꿈을 다 쏟아 부어 껍데기뿐인 몸 안으로
구름이 깊숙이 들어와 나를 핥는다
침묵을 밀어 넣고 단단하게 봉해두었던 시간들
그 오래된 연막의 추억을 이끌고 너는
긴 머리카락을 흔들며 젖은 시간을 털고 있다
훌쩍이는 빗방울들아
지금 창유리에 어리는 물그림자는
어느 날에 피어올랐던 불길처럼 무너져 내린다
이미 죽은 시간의 얼굴들이
배웅 없이 나를 통과하여 줄줄이 떠내려간다
구름이여, 네 속의 걱정 모두 사그라지고
물기 다 빠질 때까지

The fifth season

어느새 목련은 기억을 물려 연두를 키운다 지고 피우는 사이 언제나 그렇듯 찰나의 슬픔, 찰나는 미련한 꿈을 품게 만든다 우리는 꽃보다 더 아픈 연두의 계절을 걷고 있다 꺾인 꿈을 흘리기도 한다

모두가 문명의 바이러스에 병들어 삶의 방향성을 잃을 때, 지혜는 총명하게 늙어 가슴속까지 따뜻한 사막바람에 안기자 눈은 깊이 어두워지고 끝내 검은 숲 너머 푸른 안개를 절실히 외면하자 우리라는 계절은 최고의 사막인 진행형을 걷고 있다

해송 뒤에 일몰은 시작되었다 선명하던 바다의 표정도, 바다의 목소리도 황홀이 되어 번져갔다 파도를 막고 있던 자아의 벽도, 풍경들까지 모두 노을이 되었다 만취한 내가 붉게 엎어지고 있었다

행성에 첫 눈 입맞춤한다 바람 든 계절 활짝 왔던 것이다 멀어지고 가까워지는 저마다 궤도를 돌다 동안거에 들어 묵언 수행하는 벗은 알몸, 겨울이 안녕하기를 먼저 소망 지

피는 것이다 소멸하듯 생명이 태어나고 지고 다시 해가 솟듯 섭리가 우주를 운항하는 것처럼

엘랑비탈*

횃불은 어둠의 맥박을 돌려가며 간신히 타오르고 있다

나는 말이 없는 노트를 펴기 시작했다 천장에서 물방울이 연거푸 떨어지고 그때마다 석순들은 각오한 듯 느릿느릿 자라났다 종유석은 천장에 목을 매달고도 끊어지지 않는 숨통 때문에 더욱더 외로워졌다 지푸라기처럼 떠돌던 허기진 벌레들이 내 눈 속에 섞였다가 이따금 어둠 속으로 갇히곤 했다 길고 불안한 정적은 축축한 바닥의 틈새까지 실눈 뜨고 스멀스멀 기어 다녔다 꿈의 뼈가 삐죽삐죽 동굴의 침묵을 찔러 댔다 책장을 넘길 때마다 습한 바람이 빠져나와 다섯 손가락을 천천히 녹였다

어느덧 동굴 속에서 겨우 살 책을 마지막 넘긴 나에게 웅녀는 고조곤히 다가와 비사 쳤다 이제 황홀한 재앙을 낳을 때가 되었다고,

* 엘랑비탈 : 프랑스의 철학자 H.베르그송의 이른바 '생(生)의 철학'을 이루는 근본개념, 그의 저서《창조적 진화》(1907)에서 사용한 말로, '생명의 비약'이라고 번역된다. 생명의 근원적 비약(élan originel de la vie)이라고도 하는 말에서 알

수 있듯이, 끊임없이 유동하는 생명의 연속적인 분출을 뜻하며, 모든 생명의 다양한 진화나 변화의 밑바닥에 존재하여, 그 비약적 발전을 추진하는 근원적 힘을 말한다.

일기

조용히 조용히 다한 봄은, 다시 꽃이란다 봄의 가장 바깥쪽에서 조용히 조용히 다해 잠든 활자 꽃, 깨우지 못하고 조용히 조용히 넘기고 만다 봄은 그렇게 내 곁에 왔고 내 곁을 떠나갔다 빈방에 젖은 문장처럼 누워서,

밤바람이 들이친다 어둠은 내 방을 엿본다 월말평가는 오후 1시경 떠났고 31일은 누울 채비를 하는 시각 팔월의 안부가 자정 너머로 건너온다 연서를 쓴다 안녕하시지요 7월은 차가웠지요 그래요 내일은 여름이 되어요 나뭇잎 접시 위에 문장을 넘치도록 놓아 볼까요? 목이 꺾인 은유를, 찌르 쭈르르 매미 속울음도 약간, 덜커덩 철커덩 원고지 칸이 헐렁하지 않게 맨 위에 정갈하게 걸리게,

한 물살 한 강을 파리함으로 건너온 문장이 곳곳에 필사해 우리의 대화를 대신한다 가을은 반성하게 하는 고질병을 방생한다 가을 하나가 앙상한 가지 끝에 초승달을 내 달았다 눈에 띄게 수척해진 가을이 깊게,

간절함이 가장 많이 모이는 이곳을 더디 다녀왔다 마음의 심지를 한 칸 더 올린, 옹이 안으로 들어선 염원들, 쪼그

리고 앉아 무릎을 모으고 묵상한다 동안거에 든 언 문장에
손칼국수를 배불리 먹이고 싶은 겨울에,

그늘을 자르는 시간

차다, 커튼을 열자 창유리에 꽉 찬 빛들이 부서진다

그늘 안으로 쏟아지는 빛살들, 홀씨의 방,
예리하게 파인 책상의 생채기를 하얗게 일으켜 세우고
부러진 심장의 연필을 깎았다
거꾸로 꽂힌 책, 점들의 틈이 꼬여진 수직과 곡선
일그러진 이름표마다 천천히 온기가 모여들었다

습기 찬 계단을 타고 한낮의 먹구름들이 우르르 몰려 왔다

하루치의 빛을 모으는 시간, 초록이 되자 꽃빛이 되자 빨강이 되자
찰진 햇볕이 들어선 씨방 속에서도 자신의 색을 복사하지 못하는
젖은 이끼들에게 밑줄을 긋게 하였다
식지 않는 미열에 식은 땀을 닦으며
반쯤 눈을 뜨고 지켜보는 일이 잦았다
간혹, 홀씨 하나가 검은색 꽃 문을 열기도 하였다

그림자들이 돌아간 저녁이면 부은 발등 아래로 붉은 허

기가 몰려들었다
　빛의 분별력은 점점 흐릿해져 갔다
　어둠의 깊이는 햇볕의 양식이 되지 않았다
　책을 펼치자 바랜 한숨과 의미를 잃어버린 글자들이 흩어진다
　빛을 읽어내는 호흡, 밤마다 잠들지 못하는 꽃잎의 눈꺼풀이 무겁다

　적요의 방, 그늘에 갇힌 불빛 하나가
　홀로 조금씩 아름다운 시간으로 자라고 있다

얼굴

봉인한 낯빛을 들킨다. 물관 박동을 진정시키며
지금 우리의 계절은 생생한 자연색으로 마주한다
햇잎의 계절에 무슨 갈망이 있을까
나는 내 색을 잃지 않기로 하고
내 뿌리는 앓지 않으려 우리를 읽는다

혹한에 닳은 얼굴은 오해받기는 쉬워도 이해받기 어려운 겨울 때문에 붉었다 소리 내 우는 법조차 배우지 못한 채 고통을 안으로 삭이다 작별하는 닳은 얼굴들, 겨울이 녹을 무렵 되어서야 이해받고, 겨울이 녹은 후에 보고 싶은 얼굴 되기도 한다 그러니까 우리의 겨울은 강한 계절이 아니라 계절을 넘길수록 농도가 닳아지는, 그림자를 모질게 끌고 다니는 창백한 모습인지도 모른다

입춘서를 대문에다 붙여 놓은 입춘 지난 붉은 얼굴, 살아 있다고 존재를 알리는 기별이 한층 매섭다

집 안에 갇힌 여자 1
- 소풍

알몸의 이브 하나 둘 문을 연다
사거리 귀퉁이 조그마한 샤인 동산
두부처럼 물컹한 몸으로 가부좌 튼 채
이름도 주소도 직업도 벗어 놓았다
얼굴의 주름에는 소금 고랑이 드러나고
부항 뜬 자리마다 몸속의 잡초
가시줄기가 삐쳐 나온다
진한 얼음커피 갈증 태울수록
수증기처럼 번져가는 수다
부동산이 다녀가고 보험 설계사 다녀간다
주말 드라마가 급히 끼어들더니
모래시계도 깔깔깔 웃음을 흘린다
스포츠 마사지로 눌러대는 아랫배
오래된 사과처럼 쭈글쭈글하다
마사지사 등 너머에도
그림자 한 송이 저물고 있다
이태리타올 한 장 찬물 한 바가지로
선악과의 유혹을 씻어 내린다

오늘, 이름 없는 이들의 뜨거운 소풍

시간을 잊고 하나 둘 안갯속 안개가 되어간다

집 안에 갇힌 여자 2

구름의 자세는 균형을 잡기 위해 일렁인다

메밀 향이 일고 있었다
테이블이 차린 막국수는
맑은 육수에 거무스름한 허기를 틀고
앞치마를 두른 그녀는
쉴 새 없이 친절을 행사했다
매끄러운 면발 미끄러지듯
까슬대는 대중들 치렀다
한 끼 에운다는 것은
생활에 자신을 묶어 놓고
하루와 함께 흔들리는 최선 같았다
생채기가 난 겉껍질 벗겨
펄펄 끓어 넘치는 정신에 견디는 면발들처럼
기어이
흐물흐물 풀어지는,
그날 내가 읽은 것은
메밀꽃 필 무렵 뿐이었을까
막국수 간판 위로 흩어지는 구름은
그녀의 자존감처럼 가파르게 일고 있었는데,

집 안에 갇힌 여자 3

뿌리가 잎이 줄기가 꽃이 풀려나올 때마다
자리의 느낌표는 경이로운 가슴으로 풀린다

어머니, 안녕하세요 지현이는 지난주 받아 올림 윗자리로 다 올리었나요 지난 7일은 수의 개념을 풀고 다니나 봐요 아파트 단지 내에 떠도는 소문엔 받아 내림 하시어요 자리값이 중요하니까요 같은 라인끼리는 잘 맞추어 지내면 자리가 평온해요 세로셈은 줄이 압권이에요 네모난 우유 주머니에 언문, 카타카나, 영어, 한자 각각 한 권씩 세워서 줄을 맞추어 넣어두었어요 뭔가 복잡하신 게 있으시면 위층을 자주 왕래하고 아래층을 이용할 땐 계단을 조심하시어요 뜻밖의 행운은 삐걱해서, 종일 앞집 문이 열리지 않을 때가 없을지 몰라요

집 안에 갇힌 여자 4
- 그때

11월 초겨울이 시작되었습니다 눈송이가 교실 창밖에 하나둘 내리기 시작합니다 야학 교실은 톱밥 난로가 지펴지기 시작하였고 주전자에서는 우리의 어둠도 함께 끓어오르고 있었습니다 낮고 좁은 교실은 차게 데워지기 시작하였고 진욱이와 함께 공부했던 시간도 점점 싸늘해져 갔습니다

곧 학력고사 시험 보는 날짜가 다가오고 있었고요 나는 나의 공부보다 진욱이의 대학 진학이 더 신경 쓰이는 초겨울을 보내고 있었지요. 수업 중 멍하니 창밖 너머 시선을 떨구는 날이 자주였습니다 말이 점점 없어지고 까닭 모를 슬픔이 가슴 밑바닥부터 밀려오기 시작했습니다

시험 날은 어김없이 찾아왔고 나는 갈 수 없는 시험장 밖에서 발을 동동 구르며 지욱이의 시험이 끝나는 시간까지 기다려 주었습니다 시험을 마치고 중국요리 식당으로 가서 우리는 따뜻한 우동 한 그릇을 놓고 함께 나누어 먹었습니다 그것이 진욱이와 마지막 시간이 될 줄은 그때는 까마득히 모르고서 말입니다

시험을 본 진욱이는 더 야학을 나와야 하는 이유가 없었

지요 영천 이모 댁에도 있을 이유가 없었구요. 서울 어머니 댁으로 올라가는 열차에 진욱이는 몸을 싣습니다 기차는 정거장에서 잠시 머물더니 금세 삑 하고 소리를 지르면서 움직였습니다

"잘 가 자주 편지할게"

"..."

기차가 뒷모습을 보지지 않게 사라질 때까지, 그리고 굴뚝에서 연기가 하늘 위로 모두 흩어져 없어질 때까지 나는 가만히 서서 그것을 하염없이 바라다보았습니다

집 안에 갇힌 여자 5
– 하이데거에게

오늘이 태어나다 시작은 선택의 여지가 없다 던져졌고 도망가지 못한다 존재라는 존재자를 의식해야 한다 고물고물 나뭇잎을 스미고 우무적우무적 기어 흐른다 때론 구멍 속에서 움실거린다 숲은 여전히 낯설다 늑대 소년처럼 세계를 잃어버린 존재자가 된 것만 같다 제각각 정신은 사유한다 그녀는 빗방울이다 하여 소멸한다

제3부

순록을 찾아서

쩌걱쩌걱

저 큰물을 건너야 한다

나는 축축한 책보를 둘러맨 채
아버지 등에 납작 엎드렸다
흙탕물 속으로 견실한 풀잎들은 휩쓸리고
잔가지들이 비명을 지르며 떠내려왔다
청태 낀 돌덩이들은 물밑에 진을 치고
앙상한 다리를 노리고 있었다
물줄기도 아버지를 흔들었고 그때마다
내려앉은 마루처럼 어깨가 삐걱거렸다
온몸으로 생의 물살을 건너려는 아버지
젖은 등을 꼭 끌어안으면
담배 밭 막걸리 냄새가 헐떡이며 올라왔다
검정고무신 한 짝을 삼키고 나서야
강은, 우리를 풀어주었다
아버지 고무신에 담겨 가는 등굣길
간신이 꿰매 놓은 신음이 쩌걱쩌걱 새어나왔다

이제 더 큰물을 건너야 한다

잡초

아버지가 빠져나간 담장은 바람을 품고 기울기 시작했다

눈이 침침해진 재봉틀은 담벼락에 자라는 줄금을 촘촘히 박아내지 못했고 밥상 위에 놓인 언니의 교과서엔 갈피마다 메주 냄새가 절었다 해는 서둘러 등을 꺼트렸고 여백이 없는 어둠 속으로 감꽃 뚝뚝 떨어지는 소리를 들으며 얕은 잠을 뒤척였다

우리가 배춧잎처럼 시들어 가는 동안 마당은 잡초만 싱싱하게 길러냈다

무거운 하늘을 지고 먹먹하던 그 자리, 뒤늦게 무너진 담돌 하나 들어보니 아버지의 터진 발이 깔려 있었다

낙타

밤보다 더
어두운 낮이 내려온다

아득한 지평선
하늘도 구름도 사막이다

이따금,
낙타의 눈 밑 사행천이 젖을 때마다
사막이 몰래 환해진다

거기선 갈증으로 목을 축이며
서로의 사구가 된다

사막 한가운데
서 있는 어머니

어머니, 그 긴 그림자 속으로
낙타 한 마리 걸어 들어가고 있다

한겨울

다람쥐는 솔가지 아무 때나 흔들었고 찬바람은 솔방울 떨어뜨리며 장난치곤 했다 그는 생소나무 가지를 꺾어 솔잎과 솔방울 땄다 소나무 흔들릴 때마다 생활이 와르르 떨어지며 그의 얇은 어깨 두드리곤 했다 어느새 겨울은 아궁이에 군불 놓고 있었다 까무스름한 부엌은 훈훈하였고 솔방울 타닥타닥 타전하는 소리 났다 아궁이 앞에 쪼그리고 앉은 아이 얼굴이 발그레 달아올랐다 매운 연기와 뒤엉킨 불길은 펄펄 끓는 솥뚜껑 아래로 눈물 터트렸다 군불이 겨울을 데우던 이월 초순 넘기자 솔방울 동이 나 버렸다 굴뚝에선 식은 아랫목만 피워 올리고 있었다 메마른 가지마다 삭풍에 떨던 먼 그곳 산비탈, 척박한 땅에 솔방울 굴러 있었고 소나무 사이 한겨울 실은 구름은 얼마나 무섭게 흘러갔던가

숲 가장자리 우뚝 솟은 겨울 소나무는 많은 씨앗 피웠다 한해 끝자락 그는 희미하고 멀다

호롱불

1.

바람 든 무 얼었다 녹았다 하는 동안
방 안의 표정은 밖을 닮아갔다
신혼살림을 꾸민 큰집 아랫방
창호에 어린 그림자는 문풍지를 때리며
달아나는 바람의 사정을 밤새 깁곤 했다
식혜는 이불을 뒤집어쓰고 아랫목에서 삭아갔다
호롱불 심지가 돋을 때마다
그을음 피어오르는 저녁의 얼굴은
기름 냄새에 배인 어젯밤처럼 저물어갔다
결 고운 흙을 분처럼 바른 부뚜막 위
젖은 생을 훔쳐내던 마른행주가
칠 벗은 소반 옆 쪼그려 어둠을 덮고
새우잠을 자곤 하던 아득함이 그러했다

2.

처마 밑 호롱불을 켜두는 것은

캄캄한 어둠을 위한 것이란다
그렇지만 어머니,
빛이 있다고 생활이 밝아지는 것은 아니어요
어디선가 헤매고 있을 간절함을 기다리는 것이에요
생활을 이기지 못한 어머니
창호에 어린 그림자를 꺼뜨리며 싸리문 너머 세계로 갔지요
울타리 너머 어스름을 살피는 어린 나는
한 저녁을 기다리며 다음 날 저녁을 기다리며
모든 저녁을 견디었지요
검은 심지에 모든 기다림을 태웠지요
처마 밑 호롱불 꺼뜨린 날이 없었지요

까막눈이

1.

햄쑥해진 새벽은 안개에 갇힌 까막눈 사내를 어루만지곤 했다

2.

사내는 하얀 쌀밥으로 거듭날 신앙을
칠흑 속 깊이 심어 두었다
고독과 몸을 바꾼 채 피부 호흡으로 견뎌내는 그 오랜 침묵
아득히 지워지던 씨앗은
지상의 발소리에 귀를 연다

태생은 낮이 부신 어둠이다
조금씩 안개가 걷히면
허리 긴 이랑에 몸을 잔뜩 웅크린 사내가 보인다
땀에 젖은 옷은 이제 그의 피부
무성한 계절이 온몸에 달라붙는다

붉은 열매를 떨어트리며 허리를 펴는 가지처럼
이랑 끝에 태양을 내려놓는 사내
피곤을 가라앉힌 눈동자엔
수런대던 들풀들 고개를 숙여
그의 발걸음에 앞서 길을 내려놓는다

3.

올해도 어김없이 그는
수평을 읽지 못한 손저울에 매달려 있다

텃밭이 서럽다

풀밭인지 텃밭인지 분간이 어려워진 영토
안과 밖이 사라진 경계
잡풀이 감겨드는 발걸음으로 내디뎌보는 몇 개의 힘든 흔적들
부리에 쪼인 푸른 토마토 어린 속이 붉다

꽃 시절 일찍이 텃밭에 털썩 주저앉으셨던 당신, 고 적은 가계를 키우겠다고 땡볕을 등에 지고 땅거미 지도록 고랑에 쪼그리고 앉아 고추보다 매운 허기를 억세게 뽑았지요 뽑아도 빠질 사이 없이 스며든 손톱 밑 그믐달, 무성히 번지는 달의 뿌리와 사투를 벌이며 반평생 건너온 푸성귀들, 그러는 사이 몇 번의 흙가루가 날렸습니다 마른 흙에 닿는 바람 소리 사악 허공에 흩어집니다 가뭄 끝에 마른장마가 들었나 봅니다

텃밭을 봅니다 쪼그려 앉은 텃밭이 나를 봅니다 텃밭 한가운데 링거주사를 꽂고 힘겹게 누워 계시는 당신이 거기 있습니다 손을 대지 않아도 뭉텅뭉텅 감기는 까만 타래 불길하게 쌓이고 당신도 모르는 사이 당신의 몸속을 덮치고

있는 검은 풀은 내일 날씨로 불필요하게 자랍니다 발걸음 소리 잦았던 몸, 주인의 기별이 서늘한 그늘로 드는 당신의 하얀 고무신도 서로 걸치지 못하는 처지야 같습니다 몸은 사라진 경계를 찾지 못하고 이제 몇 걸음조차 받아 내기가 힘겹습니다

문득 눈시울 붉어졌습니다
텃밭, 풀이 무섭다는 생각을 그때 처음 하였습니다

소통의 질량

처마 밑 전구 아래 날벌레 달려드는 무렵, 군불 냄새가 가늠할 수 없는 넓이로 흙 마당 가득 저녁을 데우고 있다

수분을 빼앗긴 홍고추들이 마대 자루 속에 갇힌 채 숨죽였다 하나, 두이, 서이, …무게를 세는 사내의 굽은 손 뼘이 안쓰럽다 몇 번의 수고 끝에 지렛대의 눈금과 간신히 접점을 이루었지만 저울은 번번이 무게의 답을 주지 못했다 수평을 고집하던 지렛대 위에 조금씩 녹슨 눈금이 자라고 저울추는 무게로부터 자유로워지기 위해 애를 먹었다 너이, 다서, 여서, …중얼중얼 혀 짧은 셈법이 무게를 줄였다 늘렸다 옮겨갈 때마다 사내의 낮게 떨리던 숨소리가 바지랑대 끝까지 시름시름 말라가고 있었다 잘 닿지 않은 삶의 셈이 낮게 계산되어 중심을 잡는 천근만근의 시간동안 몇 번의 삶이 이지러졌을까 털썩 주저앉은 까막눈 사내의 눈 속에는 붉은 저울추가 흔들리고 지렛대 마디마디 축축한 액체가 고여 들었다 낮에 들다 남은 막걸리가 온기를 더 불어넣자 고추밭 지주대 타는 연기가 길게 달아올라오른 노을과 벌겋게 통하고 있었다

잴 수 없는 무게로 한 저녁을 농도 짙게 건너갔던 그곳, 아득히 먼 거리에서도 선명하다

집 밖에 갇힌 남자 1

그것은 일생 내내 이루어진 복권이었다

구름이 흩어지기 시작한 것은 바람을 위해서였다

물방울의 여행은 구름이 낄 때와 걷힐 때까지

일기 예보가 없어도
하늘을 올려다보며 그날을 점쳤고
일주 전 산 사내를 재워준 복권처럼 눈을 뜨면 복권을 살 준비가 되어 있었다

나는 먹장구름을 꾹꾹 삼켜 넘겼다 하늘 한쪽이 꺼멓게 내려앉는 것을 배웠다 파란 하늘만 사랑하지 않았으므로 쌘-비구름이 수런거리며 몰려오는 법을 이해했다

비가 오는 날에도 바람은 편의점에 운집해 있고 복권 공화국이었다 일확천금은 바람의 눈치를 몰래 노렸다 어떤 구름은 비를 피해 어쩔 줄 모른다는 소식을 들었다 나는 구름처럼 흩어지기를 바랐다 나는 사내를 이제 볼 수 없다 뭉개졌으므로 얼굴은 지워졌으니 제발 뭉개지 말아요 구름은

잘 흩어져야 하니까

물방울이 여행하는 동안 복권 주위에만 서성이던 사내가 있었다
나는 일기의 관심이 많아지기 시작했다 구름과 친한 사내를 이해하게 되었다

죽은 구름과 눈길 닿지 않자 빗방울이 떨어지지 않았다 8자 병풍 면마다 무수한 복권 구름이 뭉쳐 있었다 병풍 속에 바람이 떠난 지 오래였다 구름이 걷힐 때까지
나는 이유 없이 점점 구름을 쫓고 있었다

구름이 흩어지기 시작한 것은 바람을 위해서였다

물방울의 여행은 구름이 낄 때와 걷힐 때까지

집 밖에 갇힌 남자 2

마디가 생긴 것을 바람에도 말하지 않았다

1.

향수를 짓고자 사내는 의지를 심었다 5층 다세대 빌라 옥상으로 흙을 나르고 음식물을 쏟아 묻으며 사내는 푸성귀를 사 왔다 낯선 타향이 객이 되어 다시 견고해지겠다는 사내의 오기였다 향수가 자라는 속도를 이해하지 못한 이웃 주민들은 치밀어 번지는 수상한 냄새를 풍기자 시펄뚱한 얼굴을 드러내기 시작했다 사내는 푸성귀가 무성히도 아련함을 미리 떠올렸지만, 어떤 호의도 틔우지 못한 향수는 데쳐 놓은 푸성귀 꼴로 사내에게 타향 냄새를 몰몰 풍겼다

2.

향수를 달래지 못한 사내가 차가운 시멘트 바닥으로 들어갔다 흙길을 거부한 아스팔트는 사내가 끄는 오래된 리어카가 흙 한 점 부스러지지 않게 찌걱거리는 소리를 냈다 리어카에 담긴 금싸라기 참외는 빼곡히 쏟아지는 햇빛에 번들번들 나자빠졌다 향수는 오로지 그리움이 살찌는 일에 집착하는 다른 고통을 알게 되었다 흙길과 시멘트 길 사

이를 번갈아 밟는 평탄을 사내는 충분히 이해했지만, 사내의 의지는 그게 아니었다 참외를 사려는 손님들이 몰려오자 대지는 땅 볕에 녹아내렸다 시멘트 바닥은 리어카의 중심을 잘 잡지 못했고 축축하게 젖은 검은 향수가 바닥에 길게 누워 있었다 아스팔트가 물컹물컹 녹을 정도로 푹푹 찌던 한여름이 길을 질퍽질퍽 빠져나갈 즈음 사내의 몸이 온통 흙투성이가 되어 있었다

3.

향수가 몇 번인가 엎어지는 동안 사내는 깡 새벽을 빈틈없이 비우며 벌컥벌컥 삼키고 있었다

집 밖에 갇힌 남자 3

볼펜의 무게

1.

상품은 삼만 원 이하 될 때 효력을 포장하지 않았다

세일 기간은 상시 일정 기간 제정되고
할인마트는 바코드가 분주했다

검고 흰 줄무늬의 암시된 주소는 천차만별이었지만,

사내가 질량을 배달하는 내내
신념을 지킴으로
고객의 신뢰는 합법화되었다

때론 무게를 옮겨야 하는 윤리가 있었다

배달은 그것에 어긋나는 행위를 할 수 없었다

오늘보다 늘어난 물 18 *l* 두 손가락 사이 거머쥔, 신분 잃은 엘리베이터 다세대 옥상, 불가피한 쌀 20kg, 다음엔

심장 협심증,

효력은
질량에 기울어진 사내 어깨의 가해진 무게가
증가할수록 진통제를 남용하고 있었다

2.

사내 작업복은 질량의 효력을 입지 못했다

오늘보다 가벼워진 공병 한 손에 감겨진,
누르는 버튼 A단지 사각 지붕,
일지를 기록하는 볼펜 22g
다음엔 다음에,

볼펜 무게는 시효를 소멸시키지 않았다
사내 제복은 효력을 입는 한동안 재활용 분리수거 주위를 정기적으로 착용하고 있었다

집 밖에 갇힌 남자 4

벽은 벽을 기대고 산다

1.

얌전떨지 않고 덩드럭대며 놀고 있는 갖가지 색등 아래 한 사내가 벽을 허물고 있다 마이크를 잡은 사내의 손은 레퍼토리 가사에 달려 있고 날카로운 이 사이로 은둔을 드러내고 있다 아무도 모르게 습관을 즐겼을 혼술 혼밥 대문 앞 쌓여가는 공병은 사내의 혀를 괴롭혔을 것이다 육교 밑 어두운 대낮에 뻗어버린 몰골은 끝끝내 들키지 않았을 낮을 위한 은밀한 동정이었으리 어쨌든 밤의 문화는 독해 사람이 순해지잖아 붉고 푸른 조명만이 박수를 받으며 빙글빙글 돌아가면 벽이 너무 환하다 노안이라 글자가 안 보이는구나 대한민국 노래방 교회 가장 많아 너무 구제받을 수 있어 새 생명 얻을 수 있는 느낌이라 투덜대는 사내에게 예쁘고 착한 관계가 잔술에 베인 헝클어진 곡조를 찾아주며 뽀뽀도 해주고 가혹이 금방 허물어지게 투명한 벽의 이력을 깨고 있다

2.

안 보려 해도 안 볼 수 없다 외곽 도로 가다 보면 덩그러니 건물 하나 저기는 무슨 장사가 될까 저런 데는 어떻게 먹고 살까 모르는 벽은 끝까지 벽이었네 저렇게 불티나는 줄 벌건 대낮에 사방 면벽面壁 수행을 하고 있다

집 밖에 갇힌 남자 5

파도가 파도에 부서질 때

바람이 오고 바람이 떠나는 순간

파도 첫 장을 넘기면 바다의 서론이 보이고
본론을 본 바다의 수평선까지 짐작되는

사내의 발은 백사장에 닻을 내렸다

자신의 시선을 놓지 않고 한 곳을 향해
오랜 시간 건너오지 못했다

하얀 와이셔츠가 이랑지는 파도에 휩쓸리기를 먼저 쓰고

파도는 각기 제가 가지고 있는 힘만큼 높게
곧 넘쳐날 듯 고양된 감정을 들썩이며

융기하면서 사내를 향해 달려오다

부서지기를 거듭했다

사는 일이 저 사내 같이 홀로 구름의 정박을 찾아
닻을 내리고

오래

섬 하나에 잠기는 것이라 문득 생각했다

파도가 파도에 부서지는 것을 거부하지 않을 때는
바람이 오지 않고 바람이 떠나는 순간일 것이다

아버지의 집

참꽃 소식과 함께 다리가 놓였다 그날 이후 물의 힘줄이 파놓은 마을 사람들의 주름은 한 가닥씩 풀리기 시작했다 아이들은 마을회관까지 들어오는 버스로 면 소재중학교에 갈 수 있었고 다리를 건너온 언니의 월급으로 나는 엄마의 옷을 입지 않는 날도 생겼다 여름장마 대신 찐 옥수수 향에 마을이 잠기고 아버지의 누런 러닝셔츠에 물든 수박 물이 저녁의 피곤한 강을 달게 물들였다 허기진 굴뚝에서는 흰 연기가 수제비를 빚어 쏘아올리고 달빛은 잘 익은 강가의 돌멩이들을 뜯으며 새벽까지 배를 불렸다

중학교 졸업과 함께 벚꽃 같은 친구들은 마을 다리를 건너 흩어졌다 우리 가족은 대구 북구 침산동 연립주택 반 지하로 새로운 다리를 놓았다

캄캄한 골방의 습기 찬 어둠을 끌고 다리를 건너 아버지는 막노동을 나갔다 노을에 업혀 돌아오는 날이 많았다 밤새 봉제공장 야근을 하던 어머니는 원단과 함께 손가락을 박는 일이 잦아졌고 우리들의 다리는 분노로 심하게 흔들렸다 어느 해 겨울을 넘기고 아버지는 정자교가 내다뵈는 언덕에 한 칸 집을 지으셨다 나는 그때 다리 위를 천

천히 날고 있는 하얀 깃털의 새 한 마리를 보았다 지금 나는 삶의 참꽃 소식을 한아름 안고 누군가와 시선을 맞추며 그 다리 위에 서 있다

순록을 찾아서

유서는 창백하게 생략되었다 관록貫祿은 빛과 멀어져 갔다 돌연변이 유전자는 고독, 숭고한 암 덩어리를 심장에 심어두었다 고독은 존재의 근원을 틔웠다 눈을 파고 이끼를 찾아내 당신은 생 앞에 조아렸다 절벽 아래를 향해 아득한 노래 한줄 목청에 묻곤 했다

눈바다 속 당신의 잠은 차갑게 가라앉았다 중환자실에서 부유하던 어느날, 당신의 적막을 깨우려고 열두 시간이나 사투를 벌였는데 뒤늦게 소란이 발견되었다 앙상한 다리가 생의 균형을 깨뜨리고 말았다 눈썰매가 길 위에 매끄럽게 엎드렸다 은빛 눈 알갱이들이 유난히 반짝거렸다

당신이 할 수 있는 일은 먼 길을 재촉하는 것이었다 북서풍이 때맞게 발굽을 떠밀었다 조상들은 예전에 아프리카 초원을 떠났다 발뒤꿈치에 눈덩이가 떨어지고 있었다

신음을 내지도 않았다 침묵을 지르지도 않았다 발굽 소리로 심연을 드러낼 일이었다 처음 세상과 마주할 때 금빛 눈동자 속으로 스며들던 냉기 추위를 찾아갔다 얼음 나

라와 엉켜 고독을 다독였다 빙산 하나 점점 슬픔 쪽으로 기
울고 있었다 슬픔 전의 일이었다

어쩌면 따듯한 가슴이 있지 않을까

시야가 탁 트인 산

알 수 없는 그곳까지 넋 놓고 바라보았습니다

아무것도 없을 줄 알았던 거기에도

저녁밥 짓는 연기 피어올랐습니다

새들의 소리가 그 집을

놀이터처럼 드나들었습니다

하늬바람 혼자 머릿결을 쓸다가

삭풍 되어 울먹이고 있을 줄

겨우 고만큼만 알았던 곳에

어쩌면 따듯한 가슴이 있지 않을까

가슴속 가뭄이 잠시 환해지고 있었습니다

갈증 2

나무가 수천 개의 입을 벌려 마른 구름을 뜯어 먹고 있다

물관은 푸석한 모래만 빨아올리고 마디 사이에 옹이들이 떳떳이 자랐다

가지 끝 억지로 피워낸 봄날이 피자마자 종이 재처럼 날아가 버렸다

심장에 심어 놓은 가시나무도 가지마다 푸른 독니만 밀어올렸다

멀리 피는 꽃

태양의 씨족이었던 별은 채색을 거부하다 빛이 닿을 수 없는 어둠의 들판으로 추방당한 꽃이다 빛을 잃은 별은 높은 곳에 자신의 슬픔을 걸어두고 슬픔에 비춰지는 지상의 눈물 중에 순수한 것만 모아 몸에 뿌리는 것으로 영롱한 빛을 얻었다 지상의 빈 눈물자리에 자신의 꽃잎 뿌려주어 활짝 피우도록 하였다 몇 겹의 세월, 어둠 깊은 지하, 모를 여인의 미라 눈에서 지금도 별이 발견되는 까닭이다

벌 나비가 어둠을 헤치고 별에 닿는 경우도 있지만 대부분 길을 잃어 전혀 다른 세계로 사라지거나 설령 닿는다 하여도 빛의 순도에 순식간 익사하고 만다 내일이 없던 별은 매일 죽기 살기로 새벽을 지르는 암탉 둥지에 자신의 오늘을 탁란托卵하였다 그 알에는 우주를 담았고 자기 껍질을 뚫을 수 있는 의지를 함께 담았다 그 오늘이 부화하여 더 많은 별을 낳는 오늘이 된 것이다

일상이 아니었다면 기막힌 일이겠지만 별은 자기 자리를 잃지도 않고 떠나지도 않는다 그 마음이 별의 향기라고 생각하게 되는 데 향기란 가장 멀리 피더라도 내 안에 알지도

못하게 조용히 흔들리는 꽃 아닐까 한다 지금 별을 바라보며 내가 끝내 머무를 자리 또한 누군가의 가슴 속, 별 같은 향기이기를 바라는 것이다

아버지를 읽다

굽이굽이 돌아 산비탈 밭, 아버지의 터전 거기 있었다
해가 중천에 떠서야 겨우 햇살 기어드는 여덟 평만치의
텃밭,
수수깡 같은 아버지 밭이랑마다 켜켜이 쌓였다 막걸리
한 사발
마른 생 적시며, 종일 허리 꺾이도록 곡괭이 꿈을 캐셨다
파리처럼 달라붙던 남루한 날들이었다
벼랑에 기댄 고목에선 아주 잠깐씩 꽃을 피웠고,
늙은 산벚나무는 구겨진 생활을 휘날렸다 밤바람 이따금
빈 곳간에서 쉬었다 가고 처마 밑에 매달린 시래기 힘없이
버석버석 흔들리곤 했다 가난을 등에 진 아버지는
너무 일찍 세상에 나온 철없는 꽃처럼, 꽃을 피운다고 다
열매가
되지 못했다 아버지보다 더 혹독한 세상은
열매가 되지 않았다 가난이 제비 새끼들처럼
굼실굼실 입을 벌릴 때마다 아버지 터전은 늘 살찐 허기
였다

목련이 지고 피고 어느 해부터 뉘엿뉘엿 해는 시들고

시멘트 독 오른 철사 다리로 환한 공중에 컴컴한 적막을
지으시던 아버지, 불안한 어둠을 등에 지고 영영 내려오지
않으신다 서랍 속 약봉지와 새벽 기침소리 지나 아버지
그렇게 흘렀다 밤이면 아버지 시름 달래던 술상 보아 싸
리울
밖에 서서 마당 가득 달빛을 불러들인다 깊은 잠에 드신
아버지를 하얀 손끝으로 조용히 깨워 아껴 읽는다
그때마다 아버지 갈피갈피 환하게 피어나 나를 키우신다
환한 기억들 몸 속 옹이로 박혀 나의 터전에는
늘 위험한 행복이 물클뭉클 자란다

P. M 11詩

눅눅한 구름의 부음에도 무너지지 않던 오후
결국 장마는 아득하게 내려
몇십 해 나이 속에 쟁여 둔 어둠은
사막, 빨간 스웨터 여우가 되어 사구를 꿈틀거리는
p.m 11詩 퇴근길은 현실이 된다
빈틈없이 비 맞는 사거리에서
빛 찾는 길들
빛은 젖고
젖어,

그늘은 죽지 않고,

■

해설

내면에 잠복한 극명한 파장(波長)

- 구지혜의 제1시집

마경덕

석탄을 채굴하는 광부의 장비는 곡괭이, 삽, 전동드릴, 헤드랜턴이지만 작가가 글을 캐기 위해서는 무엇이 필요할까. 김훈 소설가는 자신의 서재를 막장이라고 표현했고 시와 철학은 통한다고 말하는 강신주 철학자는 펜으로 사유를 하고, 펜과 싸우는 사람이기에 자신의 서재는 전쟁터라고 했다. 막장은 더는 갈 곳이 없는 갱도의 막다른 곳이며 전쟁터는 죽느냐, 사느냐가 결정되는 곳이다. 간절하고 절실하지 않으면 만날 수 없는 것들이 모두 그곳에 있다. 전쟁터 같은 서재도 글이 완성되는 순간부터는 적의 시체 위에서 담배 피우는 느낌 같이 비로소 휴식의 공간이 된다고 한다. 누군가를 비평하고 논평해야 하기에 이기는 순간에만 쉴 수 있는 공간이라는 것이다. 빈틈없이 논리적으로 치열하게 글을 쓰는 일이 얼마나 힘든 일인지 알 수 있다.

"뼛속까지 내려가 써라"라는 말도 있다. 광부가 지하 1000미터의 막장에서 채굴장비로 캐낸 석탄은 지질시대에 지하에 묻혀 탄화(炭化)가 진행된 어떤 식물의 시체이다. 그 쓸모없는 것들이 쓸모로 변해 우리에게 연료를 제공한다. 그것이 위험을 무릅쓰고 채탄을 하는 이유일 것이다. 그렇다면 실용성이 없는 문학은 어떨까. 시인 역시 깊이 매장된 낯선 언어를 채굴해야 한다. 겹겹이 쌓인 지층에서 살아보지 못한 시간을 확인하듯이 아직 만나지 못한 것을 찾기 위해 뼛속까지 내려가 보는 것이다. 곡괭이를 오래 다룬 손바닥에 못이 박이듯 습작이라는 "반복되는 행위"로 인해 단단한 "언어의 근육"이 생긴다. 김현 평론가는 "쓸모없는 것의 쓸모 있음을 통해 쓸모 있는 것의 쓸모없음을 가르쳐주는 것"이 문학의 효용이라고 했다. 시는 "쓸모없음의 힘으로 쓸모 있게" 사용된다는 것이다.

시에 대한 절실함을 보여주는 루마니아 시인 '파울 첼란'은 자신이 쓴 시들은 "유리병 편지"라고 했다. 나치 강제수용소에서 가까스로 살아남아 쓴 시편들은 어디론가 흘러가서 누군가에게 닿기를 바라는 간절한 "유리병 편지"였을 것이다. 오랫동안 독자에게 도착하지 못한 채 망망대해를 떠도는 시집도 "유리병에 든 편지"와 같다. 시집을 펼치는 일은 마치 유리병 뚜껑을 따는 것과 다름이 없다. 그

유리병 속에는 시인이 지우고 쓰고 구겨버린 숱한 "실패의 시간"과 쓸모없음이 쓸모가 되기까지의 시행착오와 "파지가 된 생각들"이 행간 사이에 끼어 있을 것이다.

구지혜 시인이 체험으로 빚은 시편들은 꾸밈이 없다. 치장도 과장하지도 않은 절실하고 생생한 언어들이 감동으로 다가온다. 찬찬히 들여다보면 정작 꾸미지 않는 진솔함이 얼마나 아름다운지 알 수가 있다. 누군가의 마음을 열 수 있다는 것은 결코 쉬운 일이 아니다. 이처럼 기교를 부리지 않는 것이 구지혜 시인의 차원(次元)을 보여주는 시적 기교일 수도 있다. 자신의 감정에 함몰되지 않고 "언어의 늪"에서 무사히 빠져나올 수 있다는 것도 갈고 닦은 시인의 기량(器量)일 것이다.

서재가 '막장'이라고 고백한 김훈 소설가의 창작 도구는 영어, 독일어, 한문, 국어사전, 우리나라의 여러 법전이었다. 낱말을 모아 일정한 순서로 배열하고 각각의 발음이나 의미, 어원 등을 해설한 사전은 정확한 문장을 완성할 "요긴한 연장"인 셈이다. 구지혜 시인은 기억의 지층에 층층이 쌓인 슬픔을 채집하며 "삶에 대한 질문"을 제시한다. 개인의 가족사에 휘말리지 않고 적절한 거리에서 보여주는 암담한 사건들, 그리고 묵묵히 그 어둠을 통과하는 모습이 감동을 자아낸다. 어떤 화가는 캔버스 위에 무엇인가 시도하고, 물감으로 덮어버리거나 긁어내고, 다시 그리기를 반복하며 작업을 지속하는 동력을 얻는다고 한다. 이처럼 구지혜 시인도 상처를 건드려 번져가는 파장을 기록하며 동력을 얻는다.

그때 나는 굶주린 바람과 섞여 있었다 고입연합고사 상담은 길어졌지만, 가정방문을 오지 않았던 선생님은 우리 집 가계를 읽지 못했다 눈은 젖은 톱밥을 넣은 난로처럼 자주 매캐해졌고 납작 엎드려 있던 11월의 노트는 말이 없었다 "**성실**"이란 급훈은 실성한 사람처럼 휑한 눈빛으로 나를 내려다보고 있었다 어느 날, 교무실 게시판에 "**제일모직 구지혜**"와 함께 나는 끝내 압정에 박혀 버렸다 모슬린 옷감처럼 얇게 펄럭이며 지냈다.

운동장 가득 넓은 이파리를 피워냈던 열여섯 살의 각오들이 하나씩 흩어지기 시작했다 발목은 울음이 그칠 때까지 바람의 질질 끌려 다녔다 교정을 감싸 안고 버티던 일월산에는 그날로부터 해도 달도 자취를 감추었다 소리 없이 몇 년을 흐르던 강도 이내 굳어갔다

내 눈 속에는 이중으로 암막 커튼이 드리워졌다

-「발목」 전문

"선택과 결정"은 시인의 몫이 아니었다. 이 과정에서 생기는 부작용은 곧 현실로 나타난다. 열여섯 살의 꿈은 "어느 날, 교무실 게시판에 "제일모직 구지혜"와 함께 나는 끝내 압정에 박혀 버렸다 모슬린 옷감처럼 얇게 펄럭이며 지냈다"에서 볼 수 있듯이 11월의 날씨와 얇은 모슬린 옷감으로 당면한 마음의 추위까지 보여준다. 진학이 아닌 공장

으로 취업을 나가야 하는 궁핍한 형편에 발목이 잡혀 질질 끌려 다닌 그때는 암막커튼을 두른 듯 끝내 아무것도 볼 수 없는 "절망의 시간"이다. 운동장 가득 넓은 이파리를 피워 낸 열여섯 살의 "각오와 다짐"조차 냉정한 현실 앞에 무너지고 그토록 갈망하던 미래는 교무실 게시판에 압정으로 박혀있다. 이때 '성실' 이란 급훈은 '실성' 으로 바뀐다. 어순(語順)이 바뀌자 전혀 다른 뜻이 되는 것처럼 당면한 과제는 맨 정신으로는 감당하기 힘든 억압으로 다가온다. 억압은 생각이나 기억을 무의식에 가둬두기 때문에 의식적 의지적으로 행해지는 '억제(抑制)' 와는 다르다. 고통스러운 사고 관념은 무의식 안에 남아서 인간의 행동을 지배한다. 현실적 자각이 활발한 사춘기는 허탈감이 주는 심적 상실이 더 크다고 볼 수 있다. 교정을 감싸 안고 버티다가 사라진 "일월산의 해와 달"은 어둠을 밝히는 유일한 위안이며 희망이었다. 미래의 계획이 취소되었음을 알리는 게시판은 가능성이 배제된 상실감을 보여준다. 게시판에 압정처럼 박힌 것은 무참히 단절된 열여섯 살의 꿈이다. 「발목」은 개인이 감당하기 힘든 불행을 통해 그 당시 궁핍한 시대의 일면을 보여주고 있다. 이중으로 암막 커튼이 드리워졌던 시절은 빛이 사라진 캄캄한 암흑기였다. 아래 예시된 「그 겨울」에서는 구지혜 시인이 당면한 슬픔의 크기를 짐작할 수 있을 것이다.

1.

새벽 6시, 찬바람을 안고 들어서면
밤을 설친 직포공정은 여전히 창백한 얼굴을 드러냈다
날개를 편 양털 먼지가 아무 데나 떠 다녔고
눈이 침침해진 형광등은 자주 깜박였다
24시간 목도 쉬지 않고 내지르는 기계음에 맞춰
나의 숨소리도 실 가닥 사이를 쉼 없이 오갔다
베틀 폭이 조금씩 부피를 늘여갈 때마다
뺨의 웅덩이가 더 움푹해졌다

가끔, 어둡고 축축한 세계에서 풀려나와
퉁퉁 불은 면발과 몹쓸 다짐 한 잔으로
얼큰하게 취하곤 했다
공장에서 피어오른 시커먼 연기는
느릿느릿 분식집까지 따라 들어와
우리의 대화를 시커멓게 물들였다

2.

풍경을 빨아먹은 유리창은 검버섯을 키웠다
창 너머 마른 나무들은 쉽게 넘어졌고
무릎 사이에 펼쳐 놓은 책은 손잡이도 없이 흔들렸다
제각기 다른 얼굴들을 한 사람들이
버스에 리듬을 따라 솜털처럼 가벼이 오르내렸다
몰래 승차한 햇살은 축축한
그림자에 젖어 오들오들 떨고 있었다
세계사를 읽고 있던 나는 봄이었고
벚꽃처럼 흩어졌다가 지기도 했다
75원짜리 버스는 온종일 덜컹대고

나의 검정고시는 까맣게 타들어가고 있었다

-「그 겨울」 전문

미처 피기도 전에 져버릴 것만 같은 불안한 꿈, 소외된 아픔이 「그 겨울에」 모여 있다. 1970년대 대한민국이 산업과 경제기반을 구축할 당시 가발, 봉제, 방직, 전자 산업에 종사한 사람들은 대부분 젊은 여성들이었다. 중학교 졸업 후 취업과 진학으로 나뉜 두 갈래 길에서 일찍 생업에 뛰어든 열여섯 소녀는 침침한 형광등과 양털 먼지가 떠다니는 열악한 환경에 노출되어 살아간다. 공장에서 피어오른 시커먼 연기, 유리창의 검버섯, 분식집의 퉁퉁 불은 면발, 버스에서 무릎에 펼쳐놓은 덜컹거리는 책, 그토록 간절한 검정고시는 멀어지고 세계사를 읽고 있던 소녀는 봄이었다가 이내 벚꽃처럼 흩어진다. 이 일련의 사건들은 기억의 렌즈를 통해 재생되고 부메랑처럼 돌아온다. 구지혜 시인을 이해하는 첫 번째 단서는 무엇일까. 불우한 환경에 휩쓸리지 않고 운명에 굴복당하지 않으려는 꿋꿋한 삶의 자세일 것이다. "가끔, 어둡고 축축한 세계에서 풀려나와/퉁퉁 불은 면발과 몹쓸 다짐 한 잔으로/얼큰하게 취하곤 했다"에서 짐작하듯이 "방황과 갈등"으로 암울한 생의 변곡점을 넘고 있다. 진로(進路)를 놓고 벌어진 한 개인의 갈등은 당시의 사회적 현상을 조명한 「야학교실」에서도 볼 수 있다. 대물림된 가난과 학업에 대한 열망은 과도기(過渡

期)인 70년대 과녁을 통과하고 있다.

야학교실 어두운 창에 형광등이 깜박이면
눈을 뒤집어 쓴 언 몸들이 하나 둘 모여들었다
주전자에선 어둠이 쩔쩔 끓어올라
낮고 좁은 교실 안을 차갑게 데웠다
책상 위로 넘어지는 졸음을 일으켜 기대놓고
터진 실밥 같은 날들을 다독이며
미분과 적분으로 한 땀 한 땀 꿰매곤 했다
유리창에 피곤한 얼굴들이
성에꽃으로 피어났다 녹아내렸다
잠시, 정신을 잃었다가
깨어보면
칠판 귀퉁이에서
"삶이 그대를 속일지라도"
푸시킨의 시가
나를 흘겨보고 있었다

-「야학교실」 전문

야학은 주로 근로청소년이나 정규교육을 받지 못한 성인 등을 대상으로 운영하는 교육기관이다. 고된 일을 마치고 시작되는 야학은 책상 위로 꾸벅꾸벅 넘어지는 졸음이 있다. 단순한 졸음이 아닌 잠시, 정신을 잃는 것이다. 기절 같은, 죽음 같은 그 잠시의 휴식을 밀어내고 눈을 부릅떠야 한다. 의식은 흐릿해지고 몸은 천근만근이다. 터진 실밥 같은 날들을 '미분과 적분'으로 한 땀 한 땀 꿰매는 시간, 유리창에 피곤한 얼굴들이 성에꽃으로 피어 녹아내린다. 삶이 그대를 속일지라도 슬퍼하거나 노할 수 없어 우울한 날들을 견디어야 했다. 마음은 미래에 살고 현재는 한없이 우울하고 모든 것은 지나가는 것이며 지나가 버린 것은 그리움이 될 것이라고 우리를 위로하던 푸시킨, 약속한 기쁨의 날은 언제 올 것인가. 「야학교실」은 노동과 학업을 병행(竝行)했던 가난한 사람들이 멀어져가는 꿈을 찾기 위한 곳이다. 꿈이라는 그 실체에 접근하려하지만 노동에 지친 눈꺼풀은 무겁기만 하다. 「야학교실」은 개인의 이야기에 그치지 않고 암울했던 시대의 한 페이지를 적나라하게 보여주는 작품이다.

바람과 바람 사이에는 굽은 길이 있다

철침은 침목의 내력이 구부러지지 못하게
소리의 심지를 잡느라 애를 쓰고
레일은 속력으로 소리들을 탈선하려 한다

꽃의 모양으로 찢어진 허공에서 간단간당 흔들리는 필체들
녹슨 지병에 핀 이끼의 피 흘림

그늘이 시든다며 약봉지들은 상자 속에 갇혀
가장 슬픈 계절을 앓는 냄새를 품고

편지는 봉인된 채 입구가 없는 수신자를 찾아 헤매고

발신자에게 침묵의 소리가 되기도 한다

서랍 속에서 부패하는 높은 외로움
마른 채 부서져 내리는 지난해의 꽃잎 향기로
맥박은 희미하게 이어가고 있다

상처를 낫게 하는 비방은 어느 계절에나 있는 법

빨간 스웨터의 여우가 서랍 속의 소리를 열기 시작하는 날
사랑의 미결수 되어 또 한 궤도를 달린다

-「메아리를 기억하다」 전문

살다보면 "기억해야 하는" 것이 있고 "기억하기 싫어도 기억되는" 것이 있다. 「메아리를 기억하다」는 후자에 가깝다. 누구에게도 말하지 못하고 서랍 속에서 "부패해가는 외로움"으로 맥박은 흐릿해지고 약봉지들마저 상자 속에 갇혀 가장 슬픈 계절을 앓는다. "철침은 침묵의 내력이 구부러지지 못하게/소리의 심지를 잡느라 애를 쓰고/레일은 속력으로 소리들을 탈선하려 한다"에서 짐작하듯이 밀고 당기는 싸움이 내면에서 진행 중이다. 지병은 심리적 요인에서 발생하고 심리적 탈출구를 찾고 있다. 사랑에 대한 갈망은 미결수가 되어 또 한 궤도를 달린다. 상처를 낫게 하는 비방은 자신만이 알 수 있다. 어느 날 빨간 스웨터를 입은 여우가 되어, 언제 그랬느냐는 듯 멀쩡한 얼굴이 되기도 하는 것이다. 바람과 바람 사이 굽은 길은 감내하기 힘든

길이며 가서는 안 될 길이기에 자신을 속이며 끙끙 앓는다. 사랑이란 엄청난 희생을 치러야 하는 치열한 전쟁이다. 편지는 봉인된 채 입구가 없는 수신자를 찾아 헤매고 발신자는 침묵으로 마음을 닫는다. 자신의 외로움을 부려놓을 곳을 찾아 헤매는 동안 지병은 깊어간다. 그토록 아프고 깊은 사랑조차 얼마나 부질없는 일인지, 뼈가 마르던 감정은 흔적조차 없고 메아리만 남았다. 이제는 다만 기억할 뿐, 그 혹독한 시간을 벗어나 바라보니 아무 일도, 아무 것도 아니었다. 구지혜 시인은 내면에 새겨진 "한때의 파문"을 담담하게 서술하며 흩어진 매무새를 추스른다. 이것은 마치 화산석의 문양 같은 것이어서 상처도 아름다운 무늬가 될 수 있다. 무너질 듯, 무너질 듯 결코 무너지지 않는 힘으로 또 한 궤도를 달릴 수 있을 것이다. 슬픔과 고통 속에 세상을 살아가게 하는 "강인한 에너지"가 숨어있다. 이것은 시인이 스스로 터득한 삶의 방식인지도 모른다. 「무너지는 불길」도 같은 맥락으로 이어지고 있다.

그 늦은 밤에 어디선가 흘러든
한 뭉치 구름이 흐린 창문에 익사체로 떠있었다
칠 벗겨진 시간들이 희끗 나부끼다 또 사라갔다

후드득후드득,
뒤엉켜있던 구름 풀리는 소리가 들렸다 후렴처럼
꿈을 다 쏟아 부어 껍데기뿐인 몸 안으로

구름이 깊숙이 들어와 나를 핥는다
침묵을 밀어 넣고 단단하게 봉해두었던 시간들
그 오래된 연막의 추억을 이끌고 너는
긴 머리카락을 흔들며 젖은 시간을 털고 있다
훌쩍이는 빗방울들아
지금 창유리에 어리는 물그림자는
어느 날에 피어올랐던 불길처럼 무너져 내린다
이미 죽은 시간의 얼굴들이
배웅 없이 나를 통과하여 줄줄이 떠내려간다
구름이여, 네 속의 격정 모두 사그라지고
물기 다 빠질 때까지,

-「무너지는 불길」 전문

불을 이길 수 있는 물, 물은 가열하면 불처럼 격렬해진다. 그러므로 훌쩍이는 빗방울들과 창유리에 어리는 물그림자는 어느 날에 피어올랐던 불길인 것이다. 그 불길은 꿈을 다 쏟아 부어 껍데기뿐인 몸 안으로 들어와 상처를 핥는다. "침묵을 밀어 넣고 단단하게 봉해두었던 시간들/그 오래된 연막의 추억을 이끌고 너는/긴 머리카락을 흔들며 젖은 시간을 털고 있다"라고 시인은 고백한다. 격정이 사그라지고 물기 다 빠져버린 이미 죽은 시간의 얼굴들, 기억만이 존재하는 옛것들은 왜 그리 끈질길까. 이미, 다 흘러서 껍데기만 남았는데도 무엇을 더 가져가려 하는가. 익사체로 떠 있는 한 뭉치 구름은 풀리고 쏟아지고 스미어서 사라져간다. 마치 무너지는 불길처럼. 물과 불이 맞닿아서 결국 그렇게 허물어질 것들이, 이미 죽은 시간의 얼굴들이… 배웅 없이 남아있는 기억들을 데리고 줄줄이 떠내려가는 중이다. 구지혜 시인은 기억을 탐색하는 일련의 과정을 거치며 상처를 치유한다. 흘러간 것들을 불러 모아 확인하고 다짐한다. 이것은 어떤 경건한 의식처럼 느껴진다. 그 어둡고 눅눅한 음지 같은 기억들과 "애증의 관계"로 대립하며 동행하고 있는 것이다.

초인종이 울리고 울타리 안으로 꽃잎만 날아들었다
아무도 들어오려 하지 않는
검은 문을 연다

가슴으로 흐르는 그늘 수위가 깊다
거세게 물살이 일어 차가운 수면이 벽을 긁는다
굶주린 이빨이 생활을 물어뜯는다
그럴 때마다 새로운 그늘이 드러나 더욱 비참해진다
길들이는 법, 아주 잘 아는 듯
물어뜯은 곳을 보듬어 주기도 한다.
빛 쪽으로 기우는 우리는 검은 문 안에 잠겨
차가운 물과 몸을 바꾼 채 젖은 존재로 살아낸다
나쁜 날씨에 익숙하지 못하면
잘못된 일기라 나무라기도 한다
죽은 매미의 더듬이 같은 눈물로 생은 흘려보내고
그늘을 방생하지 못해 그림자로 저문다
검은 방 가득 찰진 신음이 바닥에 납작 엎드려 있다
오른쪽 심장과 왼쪽 옹이를 순식간에 긋는 하얀 커튼

예리하게 흔들리는 그늘을 사뿐히 밟고 서서
신음이 목까지 차오르기를 기다린다

그늘을 가진 족속, 가엾은 우리를
꾹꾹 눌러 삭이는 검은 문은
물갈퀴 없는 수위를 오늘도 높이고 있다

-「B 613호」 전문

Basement의 약자(略字)인 B는 지하실을 뜻한다. 볕이 들지 않는 지하는 그늘의 수위가 높은 곳이다. 습기는 물살이 되고 차가운 수면이 되어 벽을 긁는다. 곰팡이가 근심처럼 까맣게 번져가는 곳, 생활을 물어뜯는 가난은 이빨이 날카롭다. 불편함에 길들여지기란 얼마나 힘든 일인가. 그늘을 방생하지 못해 그림자로 저무는 지하방, 검은 문은 바깥과 차단된 완강한 문이다. 말릴 곳이 없는, 말려야 할 것들이 눅눅한 지하에 살고 있다. 물갈퀴 없는 수위를 견디며 빛도 바람도 통과하지 못하는 검은 문에 가족은 감금되어 살아간다. 세상이라는 거대한 장벽과 마주친 장소는 그늘진 곳이어서 소외되고 격리된다. 늘 동반되는 상처는 내성이 생기는 것일까. 비참하게 물어뜯긴 속살도 끝내 아물고 기어이 "그늘의 족속"이 된다.

새들이 노을을 젓고 있다 능선 사이로 흘러드는 한 저녁 빛 저무는 사람들 얼굴에 파인 웅덩이, 사거리 신호를 기다리다가 발목이 붉게

부어오른 것을 보았다

가로등이 하나둘 어둠을 향해 일어선다
어둑하게 허물어지던 길들이 하나둘 환하게 이어지고
거리엔 밤의 장식품들이 화려하게 진열된다
모두 어둠을 떠먹고 사는 것들
빛을 입은 것들은 속이 시린 것들이다
보도블록 위의 사람들 그림자가 흐릿하다

사각사각 연필 깎는 소리 문지방을 넘는다
난간 위에 앉았다가
다시 일어서기를 반복한다
심지가 깊은 연필이 생각을 굴려나가는 것이다
오늘의 출구는 과거에서 흔들리고
펼쳐 놓은 세계는 입구의 방향이 둥근 방이 된다
잠에 흠뻑 취한 눈꺼풀보다 달곰하다
두 귀를 말갛게 씻고 더 열어두어야
흔들리는 내면을 알아들을 것이다

저녁과 밤 사이에
읽을 수 없는 바람이 분다

–「저녁과 밤 사이」 전문

저녁에서 밤의 사이는 수평으로 이어진다. 저녁은 그 뒤를 따라오는 거대한 암흑의 위엄을 알리는 예고편이다. 저녁이 하는 일은 무엇일까. 노동에 지친 사람들은 집으로 돌려보내고 새들을 둥지로 몰아넣으며 잠을 챙기라고 일러줄 것이다. 그 후 가로등을 켜고 밤을 맞을 준비를 하는 것이다. "가로등이 하나둘 어둠을 향해 일어선다/어둑하게 허물어지던 길들이 하나둘 환하게 이어지고/거리엔 밤의 장식품들이 화려하게 진열된다/모두 어둠을 떠먹고 사는 것들"에서 저녁의 역할이 드러난다. 어둠을 떠먹고 산다는 것은 사실 고달픈 일이다. 자신의 잠을 생업에 쓰거나 조금씩 목숨을 갉아먹는 짓이다. 잠에 흠뻑 취한 눈꺼풀보다 두 귀를 말갛게 씻고 열어두어야 "흔들리는 내면"을 알아들을 수 있다. 하여 저녁과 밤 사이에는 읽을 수 없는 바람이 분다.

문학이 가진 기능에 대해 소크라테스는 자신을 "소등에 붙은 등에"라고 했다. '등에'는 소한테 붙어서 소의 피를 빨며 통증으로 소를 괴롭힌다. 문학의 기능은 스스로 자신을 괴롭히는 질문으로부터 시작된다. 나태하거나 안일하지 않도록 자신을 돌아보며 질문이 없는 세상에 질문을 던지는 일이다. 구지혜 시인이 "질문으로 완성한 문장" 속에 숨은 밑그림을 들춰보니 끌밋한 기운이 느껴진다. 감추고 잘라내고 풀고 조인 숱한 시간들, 그 문장 속에 민낯의 상처가 응축되어 있다. 찬찬히 들여다보면 절망 앞에 선 막막한 두려움과 혼자 감당한 애틋한 슬픔이 웅크리고 있다. 어디선가 흘러나오는 나지막한 흐느낌, 온몸으로 견디는 어깨의 가냘픈 떨림, 청명한 달빛 같은 서늘한 기운들로 충일(充溢)하다. 절제된 문장, 섬세하고 예리한 감수성은 "내면에 잠재된 파장을 극명하게" 보여준다. 자신의 어두운 습지를 꾸밈없이 보여주는 진솔한 고백은 긴 여운(餘韻)을 남긴다. 시인이 캄캄한 터널을 건너온 여정은 모두 "그늘을 꽃 피우는 시간"이었다.

마경덕 | 시인

시와정신시인선 28
그늘을 꽃피우는 시간
ⓒ구지혜, 2019
초판 1쇄 | 2019년 11월 15일

지 은 이 | 구지혜
펴 낸 곳 | **시와정신**
주　　소 | (34445) 대전광역시 대덕구 대전로1019번길 28-7
신창회관 2층
전　　화 | (042) 320-7845
전　　송 | 0507-713-7314
홈페이지 | www.siwajeongsin.com
전자우편 | siwajeongsin@hanmail.net
편　　집 | 정우석 010_9613_1010
공 급 처 | (주)북센 (031) 955-6777

ISBN 979-11-89282-21-9 03810

값 9,000원

· 이 책의 판권은 구지혜와 **시와정신**에 있습니다.
· 지은이와 협약에 의하여 인지를 생략합니다.
· 잘못된 책은 바꿔드립니다.
· 이 사업은 대전광역시, (재)대전문화재단에서 사업비 일부를 지원받았습니다.
대전문화재단